花下一睡

秋山基夫

七月堂

目次

ブックデザイン　則武弥

花下一睡

秋山基夫

ほととぎす

ほととぎす鳴くやさ月のあやめぐさあやめもしらぬ恋もするかな　読人しらず

闇から飛んできた鳥が
木のてっぺんで灰色のすがたで
背筋を伸ばし頭をいそがしく動かし
鳴きつづけ　訪れない人を恋い焦がれてもうすぐ
死ぬ人のたましいをひょいとくわえて遠くへ飛び去ろうと
抜かりなく見張っている　見張っていて白くなって破れてしまった

恋い焦がれる人のたましいをさっとあちらへはこんでいくのだった

闇に咲くあやめぐさの
根のように泥の底に思いをひそめ
あなたのおいでをお待ちしておりました
来る夜も来る夜も根深くのびていく思いにとらわれ
もうどうしていいかわからない　あなたはおいでにならない
うつろの長い夜が明けまたうつろの夜が明けさつきも半ばが過ぎる
あの世から鳥がやってきて高い木のてっぺんで赤い口で鳴いている

黄泉の国から飛来して
青葉の木のてっぺんで
薄闇色の羽根をまとい
頭をいそがしく動かし

やかましく鳴きたてる
いませんかいませんか
いそぐ人はいませんか

夢にやってきた人が
わたしをかきいだきささやき
闇の中でその人の香りにつつまれていました
わたしはどうなってもこうなってもあやめぐさの
根のように深く深く思いつめ待ちつづけこわれてしまった
わたしには何の望みもありません　思いがとどまっているだけです
なにも見えず聞こえずただ運ばれていくだけの破れたたましいです

花

＊

花が散る
明るい空をいつも花が散っている
うす暗い几帳のかげに臥し甲斐ない思いに疲れはて
ぼんやり外を眺めていると見えない雨が降っている
ふと空が明るんで花など見ていると雨が降っている
夜も昼も音もなく降ってはやむ雨に閉じこめられて
この春もだらだらだらだら過ぎていき過ぎてしまう

雨の晴れ間に目をほそめ薄日のさす空をながめやる
花がだらしなく色あせている花が腐っている
花の色はうつりにけりないたづらに我身世にふるながめせしまに

＊

うす暗いところに臥し
あなたのことばかり思いつづけ
ただただぼんやりしていたのです
うす暗がりにうち伏してふと顔をあげて眺めやると
庭先には春の陽ざしがいっぱいさしているのでした
あなたのお顔が明るくお笑いになって夢なのでした
夢だと思いもしなかったすぐそばにいらっしゃって
手をのべてくださるあなたをただただ見上げている
ふとお顔が曇りなにもかも夢だとわかってしまった

思ひつつぬればやひとのみえつらん夢と知りせばさめざらましを

つかれていましたとりつかれていた
あなたを思うじぶんの思いにじっとりとりつかれて
春の曇り日のおもくるしいけだるさに身をまかせて
眠ってしまっていた眠りこんで
さ迷い出ていたのですあなたのいらっしゃる曹司《ぞうし》へ
あなたの薫りがかすかにただよってくるその道筋を
あなたの薫りに導かれふらふらさ迷っていきました
温かくて冷たいあなたのお手がひらひらひらひらと
闇のおくに消えてしまった
うたたねにこひしきひとを見てしよりゆめてふものはたのみそめてき

どうしていいかわかりません

なにかにとりつかれたたられている
ゆるしてくださいおゆるしください
気がわきたちわれにもあらずもう身を起こしている
几帳も屏風も御簾も蔀《しとみ》も格子も
わたしを闇に囲い込みあなたのじゃまをするのです
すべなく春がだらだらと過ぎていきます過ぎていく
待っても待ってもお出でにならない夜に夜がつづく
闇の底にうちふし思いをひそめておまちしています
いとせめてこひしき時はむばたまの夜の衣をかへしてぞきる

*

文屋康秀、任地三河の国へ出立の折、
見物がてらご一緒になどと戯れしに、

わびぬれば身をうき草のねをたえて
さそふ水あらばいなむとぞ思ふ

或る人曰く、いみじき社交の歌なり。
瞋恚いかばかりにや、思いやるべし。

*

うつろう春の
うつろう花の
うつろう世を
うつろうまま

たよるべき何もなく
やくそくのことばも

すっかり忘れました
わたしはここで死ぬ
時雨が降っています
ぼろをきてよろよろ
枯野をさまよいゆき
倒れたその姿のまま
しゃれこうべの目の
穴から春になったら
芒が芽を出すだろう

＊

老いて
蓬の髪に
破れ笠

草履も履かず
鬼の姿になって
物乞いをして歩き
乾いたのどを潤そうと
たどり着いた
備中の国　某《なにがし》寺の
井戸の底をのぞきこむと
井戸の水で洗った
わたしのうつくしい顔がうつっている
夢ではないうつつです
春の風がふわりと吹いてきて
水にうつるわたしのうつくしい顔に
はらはらはらはら
たくさんの花びらが散り落ちている

＊引用の五首は小野小町「古今和歌集」所収の歌。某寺は倉敷市法輪寺。

ほたる

男に忘られて侍る頃、きぶねに参りて、
みたらし河に蛍のとび侍りけるをみてよめる
物おもへば沢のほたるもわが身よりあくがれいづるたまかとぞみる
和泉式部

＊

おなかがすいていました
朝も昼も夜も夜中も

きょうだいが四人
ちゃぶ台のまわりにすわって
おかあさんがドンブリに
ぞーすいをついでくれます
四人の前と
おかあさんの前に
ぞーすいのはいったドンブリがあります
おなべはもうからです
ダイコンの葉っぱとくきと白い根を小さく切ったのが
薄いみそ汁の中に浮いています
それらのあいだにちょっぴり米粒が散らばっています
あっというまにみんなのみほして
きょうも晩ご飯はおしまい

おなかがすいていましたいつも

朝も昼も午後も夕方も夜も夜中も明け方も朝も

昼休みになりました
ある弁当箱には白いご飯がはいっています
ある弁当箱にはご飯とイモが半分ずついれてあります
ある弁当箱にはイモが三つほどいれてあります

三四人の者はなにげなく運動場にでて
お弁当を食べ終わったみんなが出てくるのを
水道の水なんか飲んで
まっています

おなかがすいていました
石を投げてみたりしました

＊

おかあさんにつれられて
暗い道を歩いていました
きれいなものを見せてあげるから
ちょっといってみましょう

黒い水が流れています
岸辺に黒い草がいっぱい生えています

ホタルが

すっと流れ
黒い草のあいだに消え　またでてきました
ホタルがいっぱいでてきました

五人で立って見ていました

＊

父からは何の便りもとどかない
何年も何十年も過ぎているのに
まだどこか遠くで戦っています
明けても暮れても戦いつづけて
家族に便りを書く暇なんかない
父は短歌を作っていましたから
辞世の歌も作っているでしょう

手帳か何かに鉛筆で書きつけて
たいせつにもっているでしょう
手帳の紙はぐちゃぐちゃになり
はっきり読めなくなっていても
自分が何のために戦っているか
勇ましくりっぱに歌っています

父はいまも忠勇無双の兵士です
お墓にはお骨は無く仮の墓です
父はいまも遠くで戦っています
もうすぐ家族でご飯を食べます

*

わたしたちのことはだれも知りません

おぼえているものがいなくなったから
だれも語ることができなくなったから
だれもわたしたちのことを知りません

*

夜になって
動かずに
酒をのんでいた
水の音がする
じっと聞いていると
いつまでも水の音がする
闇の奥に
蛍が飛んでいる
空間があって

蛍たちの
だんらんがあって
それがいつまでもつづけばいいと
思う
思って夜が過ぎる

たちばな

笑っちゃいます
高校三年生のお正月の二日か三日のことだった
農機具屋の不良息子と洋裁学校の校長の息子が
ぴかぴかの紺サージのコートを着てやってきた
大学に進学する者が少なくて親の金次第だった
やつらはもう東京の学生気分でうわついていた
わたしが受けるのは地元の駅弁大学だけだった
小さくて酸っぱいミカンとか食い散らしながら

赤尾大先生の豆単なんかをペラペラやっていた
やつらのうしろに同じクラスの女子が二人いた
これからかるた会をやるからネきみもおいでヨ
ハイハイハイと海軍の毛布で作った外套を着た
毛皮のショールで作ったマフラーを頚に巻いた
ぞろぞろ連なって農機具屋の新築の家に向った
朝鮮で戦争がはじまった翌年のお正月のことだ
赤茶けた焼け野が原の街には家が連なっていた
食べるものも着るものもかなりよくなっていた
手縫いの外套なんか着ているやつはいなかった
戦争中は毛布が貴重品で何か特別の一枚だった
戦争に敗けて復員兵はみんな毛布をもっていた
陸軍の毛布はカーキ色で海軍は地味な青だった
わたしの外套はそれを裁って母が縫ったものだ

五人は途中の焼き芋屋の裏部屋で煙草を吸った
うす暗い解放感に一同げらげらうわついていた
農機具屋の玄関でおじぎをして二階に上がった
親父がにこにこ指図して五人の前に札が並んだ
親父が君が代を空読みしついに競技が始まった
かるたは坊主めくりしか遊んだことがなかった
くねくねの平仮名の白い札がみな同じに見えた
それでもめっこをつけて五六枚とったのだった
二回目はもう少したくさんとったのだったろう
特大ミカンを山盛りにした大きな盆が出てきた
美しく輝く皮をむいて大きな袋を口に入れると
甘い果汁が口いっぱいに拡がりパクパク食った
これだけの話なんだけど笑い話にもならないね
そういえば

明治半ばからかるた会は男女交際の舞台だった
紳士の指に超特大の金剛石の指輪がきらめいて
紅葉先生は妙齢の子女らの発する驚嘆と羨望の
金剛石という語にダイアモンドとルビをつけて
十四回も書いていたが確かに目が眩んだだろう
貫一お宮の熱海の海岸の今月今夜のはじまりだ
Kとお嬢さんと先生もかるたで心を揺れさせた
あのお正月のかるた会はミカンを食っただけか
ダイヤとハートのエースに黒のジャックが二枚
おかしな恰好のジョーカーも一枚加わっていた

さつきまつはなたちばなのかをかげば昔の人の
袖のかぞする　　　　　　　　よみ人しらず

＊

かをる香によそふるよりはほとときす聞かばや
おなじ声やしたると
和泉式部

夫は戦死しました
戦争が長引き村の男たちが出征していきました
急に話が決まってわたしはここへ嫁にきました
お腹の子が三月にもならんのに赤紙がきました
夫を見送る行列が駅に向かって動き出しました
夫は赤いたすきをかけ先頭を歩いて行きました
汽車が入ってきて夫が歩いて汽車に乗りました
夫はデッキに気をつけの姿勢で立っていました
汽笛が鳴って村長の音頭でバンザイをしました

歓呼の声に送られてぃーまぞ出で立つ父母の国
夫はどんな所でどんなふうに死んだのでしょう
戦死の知らせは三月もたたないうちにきました
ちょうど草とりの時分で田んぼに出ていました
青ぃ稲がふわっとゆれて倒れそうになりました
戦争が激しくなって大勝利がつづいていました
軍艦マーチが鳴り響き大本営発表がありました
七月はじめの夜中の三時ごろ街が空襲にあった
表へ出てみると西の方の空が赤黒くなっていた
Ｂ２９の爆音が一時間以上ずっと聞こえていた
村の道を焼け出された人が次々歩いてきました
寺には学童疎開の街の子が何人か来ていました
山川さんの離れにも疎開してきた人がいました
大阪に出て働ぃていぃた三男の人の嫁と息子です

嫁はからだが弱くていつもぶらぶらしとったが
息子は村で最初に新制大学までいったんじゃが
遠くへ就職して帰ってこず学問もよしあしじゃ
進駐軍は街じゃあ何やかややらかしたそうじゃ
田舎はジープで走るのをいっぺん見ただけじゃ
食糧難で日本人は半分餓死するとか言っていた
街のもんがぞろぞろ米やイモを買い出しに来た
主食は配給制じゃからどんなに高くても売れた
何もかも闇じゃったから利口なもんが勝ちじゃ
インフレで金がないから訪問着とかもってきた
うちの箪笥もすぐにパンパンになってしもうた
むすめの結婚式には豪華な打掛を着せてやった
金糸の鶴と銀糸の鶴が頸を高く伸ばしています
戦死した夫の三回忌がすんで夫の弟と再婚した

男の子が二人でき学校にも通わせてやりました
農協があれこれやってくれて百姓も楽になった
みんなでパリや沖縄や天の橋立にも行きました
戦死したはずの兵隊が南の島のジャングルから
戦闘帽をかぶって帰ってきたことがありました
ひょっと夫も帰ってくるのではないかと思った
ひょっとわたしが死んでいたらどうなるだろう
たじまもりあたじまもりじゃがなあ
あははは　は

吉野

吉野へ
参りました
ぞろぞろ登り下りする
大群衆にもみくちゃにされ
花から花へ
年はとっても花見でござる
花から花へ
花の餓鬼になりはて

下千本・中千本・上千本・奥千本
のこらず見つくし
ようやくこころ落ちつき
かねての念願果たさんものと
西行さまの
御庵《おんいおり》をおたずねいたしました
伏し拝みつつ近づけば
あいにくのご不在
土に倒れ伏し
涙ながらに
御歌を誦しました

吉野山
やがていでじと思ふ身を

花散りなばと人や待つらん

――十年前はじめて吉野にまいりました
年も若くて分別もなく
その代わりに欲だけは強く
四千本の花の数だけがありがたく
四千本の花を見ずに死ねるかと
朝めしのパンを口にくわえたまま
スニーカーに足をつっこみ
新幹線にかけこみ
電車を乗りつぎ
降りたホームから
なぜか迷い込んだ地下街の
百貨店の食品売り場の迷路で

出口を探して同じ通路を
なんどもなんども走りまわり
野菜売り場でハバネロを買い
二つ三つかじり畜生め
ひりひり走りまわり糞たれめ
やっと吉野ゆき電車に乗って
ついに吉野に登りました
下千本・中千本・上千本・奥千本
一本残らず見てまわりました
大群衆をかき分けて進み
脳天の神さまを拝み
台所の神さまを拝み
綾か詩の神さまを拝み
惑乱し錯乱し

うろうろきょろきょろよろよろ走りまわり
立ち並ぶおみやげ屋さんの一軒に
半透明のプラスティックのコップの中の
赤ワイン色のゼリーの中心で
吉野葛のさくら色のリボンがねじれている
この世のものでないお菓子をみつけ
二三十箇も求めてしまった
あの時の
うきうきが
花よりお菓子の満足が
懐かしいねえ
いい思い出は忘れられない
しかしいまは
もう忘れてしまいましょう

十年たてば誰だって賢くなります
わたしも賢くなった
このたびは
西行さまのおそばにまいりたい
この一念でやってまいりました
あいにくのゆきちがいにて
まことに残念でありました
でも
でも
吉野の花は
下千本・中千本・上千本・奥千本
四千本を見つくしました
満足です
ようやく春の日も

西に傾き
見下ろせば
すそ野まで
山の斜面は
白い雲のように
満開の花です
その満開の枝の下の
うす暗がりを
すべり落ちていき
ころげ落ちていき
とどまったところの草に寝て
夜をすごそうと思います
そうして目が覚めて
ふもとの道に出られたら

電車に乗って
帰宅しようと思います
次の春も
この春のように
ここに来るのだろうか
来られるのだろうか

目を閉じると
俊成卿の御歌が思いだされます

おもかげに
花の姿を
さきだてて
幾重越えきぬ

峰の白雲

幻です
花も
雲も
わたしは
わたしを知る
多くの人を失った
わたしは何者でもない
思い出なんか
捨ててしまって
どこへなりと
失せてしまおう

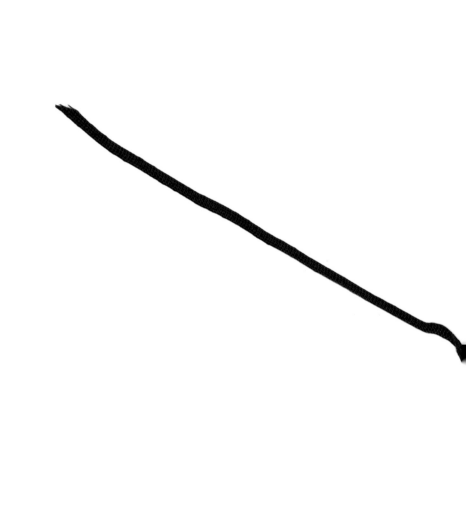

はぎ

先ごろ思いもかけぬ幸いにて宮城野に参りました
あわわあわわと萩を分け露に濡れつつ歩みました
歩めども歩めども萩の花萩の露萩の花萩の露です
薄闇にしゃがむと西行法師の歌が聞こえてきます

あはれ　いかに
草葉の露のこぼるらむ
秋風立ちぬ宮城野の原

するとほんとうに風が吹いてきましたいちめんに
むすうの露がむすうの萩の花からこぼれています
あわわあわわと花を分け露に濡れつつ歩みました
月が昇りました銀の世界で馬鹿になってしまった

美しいお方のしゃれこうべがいまも転がっていて
萩の露を舌のない口をあけてのんでいるでしょう

むかし郊外に
住んでいた頃
休日の夕方には
妻とよく散歩に出た
道ばたに萩を見つけ

これが萩だと教え
顔を近づけ
うす紫の小さな花を
暗くなるまで見ていた

何十年も過ぎてしまった病み衰え何もかも失って
白い壁の部屋で白い天井をただぼんやり見ている

夕暮れ

駒とめて
袖うちはらふかげもなし
佐野の
渡りの
雪の
夕暮れ

定家の歌だ

眼前に広がる風景を見渡し
人はその風景に入っていく
人は絵の中の人物になろうとする
絵の中に自分が存在することで
絵は区別される空間になる
客観写生を論じつつ
子規も
ひとつの風景を眼前にして
しばしば惘然として
つまり何だかぼんやりして
気づけば風景の中に入っていた
絵の中の人物になっていた
主体は客体に転落し絵だけが残される
絵を描く者などすでにどこにもいない

絵が世界の空に高く掲げられる
馬の歩みをとどめ
袖の雪を払う瞬間
その人は絵の中の人物となる
万人がそれを見るだろう
すぐに闇がすべてを隠すだろう

苦しくも零《ふ》り来る雨か
三輪の﨑
佐野の渡《わたり》に
家もあらなくに

長忌寸《ながのいみき》奥麿《おきまろ》、万葉集の歌だ

これが本歌だと
誰がいうのか
佐野の渡りなど
定家の歌によって名高くなった
歌枕にさえなった
というべきだ
芸術を模倣するのは自然だけではない
根拠さえ与えられる

いやそうでもない
苦しくも
とあえて言わないとしたら
歌が歌として定立する

この世の根拠もないだろう
定家が企んだ
これくらいの罠は
誰にだって見抜けるだろう
絵を見ている者の
たとえば焦燥、空虚、無根拠
それらがあらためて
眼前の景として
景の中に在ってなお
景を見ていることとして
定立する
夜の闇に消える
その直前に

見渡せば
花も
紅葉も
無かりけり
浦の
苫屋の
秋の
夕暮れ

＊本篇は、塚本邦雄『定家百首・雪月花（抄）』および安東次男『藤原定家』の読後に書いた。

かすみ

片田舎の人こそ、色こくよろずはもて興ずれ。花の本にはねぢより立ち寄り、……、酒のみ、連歌して、はては大きなる枝心なく折り取りぬ。——徒然草

*

山々にかすみたなびき
あたたかい風に頬をなぶられ
諸国往来の
坊主頭の

連歌師たちが
花の都へ
われもわれもと
上ってくる
東山の清水寺の
白河の法勝寺の
出雲路の毘沙門堂の
嵯峨の法輪寺の
洛東鷲尾の
境内第一の
しだれ桜の
満開の
根方に陣取り
連歌師たちが

一年一度の大興行
うきうきわくわく
春に浮かれた連中が
寄ってくる
言葉の鬼に
心を盗まれた連中が
寄ってくる
お偉い方も
笠をかぶり
顔を隠して
寄ってくる
頬被りして
寄ってくる

治まる御代の春なれば
いでいでこなたへ
いでいでこなたへ
寄ってござんなれ
治まる御代の春なれば
寄ってござんなれ

〽花も咲きぬや葛城の山
いかにいかに
〽花も咲きぬや葛城の山
いかにいかに
お出しなされませ
お出しなされませ
〽鶯のしのぶる声もいかならん

お見事お見事
なれどいま一句
お出しなされませ
〽春はまだ浅間の嶽のうすがすみ
お見事お見事
なれどいま一句
お出しなされませ
〽うちなびく柳の枝の長き日に
お見事お見事
まさしく付き候

〽花も老い木の姿なりけり
いかにいかに
お出しなされませ

そちらのお方
お出しなされませ
そちらのお方
〽枝残る柳のまゆのうすみどり
お見事お見事
まさしく付き候

いでいでこなたへ
こなたへござれ
こなたへござれ
〽うす紅《くれなゐ》になれる空かな
いかに
いかに
そちらのお方

お出しなされませ
そちらのお方
お出しなされませ
せかされて
はやし立てられ
われこそと
いだすはしから
捨てられ
われこそと
いだすはしから
捨てられ
三十余句が捨てられて
どちら様もどっちらけ
どちら様もどっちらけ

ここに東《とう》の入道殿とて
立ち寄りてありけるが
花の病いや重かりけん
ついにたまらず口走る
〽あまとぶやいなおふせ鳥の影見えて
お見事お見事
まさしく付き候ひぬる

まさしく付き候ひぬる
名高き連歌師十念坊も
感嘆しきりでござった
昭和の名高い先生方も
いなおふせ鳥の何鳥か
ぼんやりしていますが

うす紅《くれなゐ》になれる空かな
のぼんやりぐあいには
まさしくぴったりです
なんてあなたあははは
まさしくぴったりです

春の日ようやく暮れて
言葉の鬼にしゃぶられ
骸骨になった者たちも
影も残さず消えうせて
花の下《もと》はただ闇ばかり

都に聞こえた連歌道楽のお坊様が
賞品を両手にしこたまかかえこみ

懐にいくつもの扇や小箱を入れて
真っ暗闇をこわごわ帰ってくると
小川のそばでまさしく
ネコマタが現れ
わっとばかりにお坊様にとびつき
お坊様は水の中に落ちこみました
扇なんかもうべちゃべちゃでした
とあの気難しいお方が書いている

＊

しだれざくらに日の光
しだれやなぎに夜の雨
かすみわたれる空の下
旅寝の夢もおぼろなり

＊

千剣破《チハヤノ》城軍事《イクサノコト》……

此ノ城ヲ力責メニスルコトハ、
人ノ討タルルバカリニテ、ソノ功成リガタシ。
唯取リ巻キテ、食《ジキ》責メニセヨ、ト下知シテ、
軍《イクサ》ヲ止《ヤ》メラレケレバ、徒然《トゼン》ニ皆堪エ兼ネテ、
花ノ下《モト》ノ連歌師ドモヲ呼ビ下シ、
一万句ノ連歌ヲゾ始メタリケル。
其ノ初日ノ発句ヲバ長崎九郎左衛門師宗、
サキ懸ケテカツ色見セヨ山桜
トシタリケルヲ、脇ノ句、工藤二郎右衛門尉
嵐ヤ花ノカタキナルラン
トゾ付ケタリケル。マコトニ両句トモニ、

詞ノ縁巧ミニシテ句ノ体ハ優ナレドモ、
御方《ミカタ》ヲバ花ニナシ敵《テキ》ヲ嵐ニ喩ヘケレバ、
禁忌ナリケル表事哉ト後ニゾ思ヒ知ラレケル。

春日遅々として暮れず
太平記などを持ち出し
ぼんやり読んでいます
一生が過ぎるようです

軒先を鳥の影がかすめ
目で追えば夢の彼方へ
飛びさる春の一日です
――平家なり太平記には月も見ず

其角先生のいうとおり
太平記は真っ暗闇です
狼煙と喚き声の数十年
——暁待たず咲く花のあり

青葉の木のてっぺんで
ホトトギスの鳴く頃は
先生がオルガンを弾き
声をそろえて歌います

〽青葉茂れる桜井の
〽里のわたりの夕まぐれ
と声を限りの軍国少年
海軍中尉の父は戦場へ

〽彼方の浦にて討ち死にせん
〽とくとく帰れ故郷へ
闇は深くいよいよ深く
田畑に人なく風が吹く

敗れた者らがぞろぞろ
旗を担いで坂をくだる
日々の暮らしに忙しく
条理もなく空白もない

明日の債鬼に責められ
馬鹿面して駆けつづけ
昨日を生きる暇もなく

薄闇の道にうずくまる

知友もなく約束もない
風が暖かくなったから
薄手の衣服に着替えて
亡霊に会う旅にでよう

都をばかすみとともに立ちしかど
能因法師の歌を先立て
道案内もなく迷いつつ
死へ向かって歩くだけ

落花ノ雪ニ踏ミ迷フ、
片野ノ春ノ桜狩リ、

紅葉ノ錦ヲ衣《キ》テ帰ル、
嵐ノ山ノ秋ノ暮、

昨日の栄華は夢なりや
俊基朝臣は捕らえられ
妻子らの行方も知らず
東《あずま》の方へと連行される

この道は死へつづく道
水べりで弁当を食った
カキツバタがきれいだ
だれか絵に描いてくれ

元暦《げんりゃく》元年ノ頃カトヨ、

重衡ノ中将ノ東夷《トウイ》ノタメニ囚ハレテ、……
アヅマ路ノ土生《ハニフ》ノ小屋ノイブセキニ、
故郷《フルサト》イカニ恋シカルラン。

小夜ノ中山越エ行ケバ、白雲路ヲ埋ミ来テ、
ソコトモ知ラヌ夕暮ニ、家郷ノ天ヲ望ミテモ、
昔西行法師ガ、命ナリケリト詠ジツツ、
二度ビ越エシ跡マデモ浦山敷クゾ思ヒケル。

年たけて又越ゆべしと思ひきや
命なりけり小夜の中山
よく晴れた日には上りの新幹線の窓から
富士山が長く広がる裾まで見えます

業平ノ中将ノ住ミ所求ムトテ、
東《アヅマ》ノ方ニ下ルトテ
宇津ノ山辺ヲ越エ行ケバ、
蔦楓イト茂リテ道モ無シ。

駿河なる宇津の山べのうつつにも
夢にも人にあはぬなりけり
どこまで下っても闇だ
闇の鏡に己を見るだけ

野山にかすみたなびき
軒先で知らぬ鳥が鳴く
春日遅々として暮れず
いだくべき琵琶もない

デケデケデケデケ
エレキならありますよ

＊

花散って
なお
桜並木の
サクラ色

＊古典作品は、日本古典文学大系の『連歌集』『沙石集』『方丈記・徒然草』『太平記』からの借用。唱歌は落合直文の「桜井の訣別《わかれ》」による。「琵琶」は蕪村の句。

水無瀬

鷹狩はなんだかつまらなくて
かたちだけにして帰ってきた
見事な桜の木の下に席を設け
冠に花の小枝を挿したりして
酒をのんで皆さんもりあがり
やまとうたにうちこみました
権力と権威には用が無いから
からうたなんか忘れちゃった

桜がなければ春はのどかじゃ
いいじゃん永遠なんてどこにある
桜があって
酒があればいい
酔っぱらっちゃって
目の中まで桜色で
オリヒメさまの
天の川にやってきて
またのんじゃった
闇の中にふらふらでて行くと
満開の桜が散っていて
大きなピンクのお化けみたい
きれいです
こんなにきれいなのに

おやすみになるなんて
こまります
もっといてくださいよ
もっとのみましょうよ

＊むかし水無瀬には惟喬親王の別邸があって、右の馬の頭《かみ》であった人がお仕えしていた時の話が伊勢物語にあって有名ですが、どうしたことか、右はそれを読みまちがえて書いているようです。
やまとうたは和歌、からうたは漢詩。

宗祇

＊

見渡せば山もと霞む水無瀬川夕べは秋となに思ひけむ　後鳥羽院

雪ながら山本霞む夕べかな　宗祇
行く水遠く梅にほふ里　肖柏
河風にひと群柳春見えて　宗長

（頂には雪が輝き、ふもとは霞みわたっている。この夕べはお歌そのものです。）

（そうですね。水が遠くへ流れ、梅の花が咲き匂うすてきな里です。）
（河風に柳の枝のひと群がゆれて緑の色が見え、まさしく春が見えているのです。）

水無瀬には後鳥羽院（一一八〇―一二三九）の離宮があった。そこに院を祀る水無瀬廟があって、「水無瀬三吟」は、長享二年（一四八八）正月二十二日、二百五十年の聖忌に際して、追善奉納のために、近傍の山崎で巻かれた。よって発句は院の歌を本歌としつつ、実景を詠んだ句と理解できるし、またそうすることが、発句は当座の景を詠むという約束にかなう。

＊

（初折表八句）

雪ながら山本霞む夕べかな
山の頂には雪が残っていて

ふもとには霞がかかっている
ここに集うわたくしどもに
ふさわしい春の夕べですよ

行く水遠く梅にほふ里
川の水は遠くへ流れてゆき
近くには梅が咲いて香りが漂い
この里はじつに素晴らしい

河風にひと群柳春見えて
河風に吹かれて
柳の枝が揺れると
うす緑が見えます
まさに春が見えるのです

舟棹《さ》す音も著《しる》き明け方
舟に棹さす音が
はっきりと聞こえてきます
もう明け方です

月やなほ霧りわたる夜に残るらむ
月はねえ
霧が立ちこめる夜にも
まだ残っている
そういうものなんだ

霜おく野原秋は暮れけり
霜が降りた野原にも
秋がまだ残っている

そういう感じですね

鳴く虫の心ともなく草枯れて
鳴く虫は
いつまでも鳴いていたいのに
あんなに茂っていた
草が枯れてしまってはねぇ

垣根を訪《と》へばあらはなる道
垣根までくると
心許せる人が歩く小路が
はっきり見えますよ

春の句、秋の句それぞれ三句、景を叙しつつ、人物を登場させ、そのバランスも良く、初折表八句の模範といわれている。以下順次読んでみたいが、とりあえず終結部を見ておこう。

（名残り裏八句）

忘るなよ限りや変る夢現　　　　宗祇
忘れちゃあいけないよ
どこまでが夢
どこまでが現実
区別なんかわかりゃしない

思へばいつを古にせむ　　　　宗長
そうでしたそうでした
いつからを昔にできましょう

気をつけましょうね

仏たち隠れてはまたいづる世に　肖伯
仏様たちも
お姿をお隠しなさったり
また現わしなさったり
真理って難しいものです

枯れし林も春風ぞ吹く
そうそう
枯れた林にも
また春風が吹いていますね

山はけさ幾霜夜にか霞むらん

山は今朝はね
霜の夜つづきでしたが
ごらんなさい
かすみわたっています

煙のどかに見ゆる仮庵《かりいほ》
煙が
のんびり上がっています
ほんの一時のバラックでもね

卑しきも身を修《おさ》むるは有りつべし
身分の低い者でも
身を修めれば
のんびりくつろいで

きっと生きられます

人におしなべ道ぞ正しき
人は
おしなべて
正しい道を生きるのです

いよいよ終結部。格別のにぎやかさなど不要で、さらさらと進行して、めでたく満尾となるのをよしとするのだろう。ただつぎへ手渡すだけの句がつづくが、緊張感を失っていない。

＊

越後滞在中の宗祇を訪ねて宗長がやってきたのは、文亀元年（一五〇一年）のことだ。宗長は北陸路で上洛を図るが、大雪、地震、自身の罹病により果たせず、駿河に帰る。これに宗祇は宗碩、宗坡と同行する。信濃路をたどり、弥生二十六日、草津、五月、伊香保で宗祇発病。文月、武蔵の国、山の内の陣屋で千句の連歌。河越をすぎ、江戸というところの陣屋では、臨終のようであったが持ち直して、連歌、さらに鎌倉で千句の連歌、十数句を出す。「老いの波幾返りせばはてならん」。辞世の句にするつもりだったか。二十九日、寸白虫おこり、薬効無し。駿河への途中、箱根湯本で小康を得て、湯漬けなど食べ、話もして、眠った。

定家卿のお姿が
目の前にあった
驚いて
目を伏せ
これは間違いだ
これは間違いだ
と言い聞かせて

ふと目をあげると
はるか遠くにお姿があり
はるか遠くから伏し拝みつつ
もっとお傍に寄って
お声を承りたい
と念じていると
お歌が聞こえてくる

真木の戸をたたく水鶏《くひな》のあけぼのに人やあやめの軒のうつり香

戸を叩く
水鶏の鳴き声
人かとあやしみ
あけぼのに

戸を開ければ
軒にただよう
あやめの
移り香
世の外の
お歌だ
と全身で感じ
動けない

夜中過ぎるころ苦しそうなので揺り動かすと
いま夢に定家卿にお会い申し上げた
と言い
つづけて

玉の緒よ絶えなば絶えねながらへば忍ぶることのよわりもぞする

と吟じられ　これは
式子内親王のお歌ではないか
定家卿はほんとうにお歌の手跡をおもちだったのか
といぶかっていると

ながむる月にたちぞうかるる

とご自身の句を吟じられ
わたしにはむずかしい
お前たち　付けてみなさい
とたわむれて
息を引き取った

＊「水無瀬三吟」の解釈は、小西甚一『宗祇』に従った。定家の歌については、安東次男の『藤原定家』には、おおよそ次のような解釈が記されている。あけぼののあけには開けが掛けてあり、あやめのあやには怪しむのあやが掛けてあり、植物はその姿ではなく、移り香をのこして、歌が終結する。これに依った。宗祇の最期については宗長の「宗祇終焉記」に依った。

しぐれ

世にふるは苦しき物をまきの屋に
安くもすぐる初時雨哉　　二条院讃岐

どう思いますか
宗祇がね
世にふるもさらに時雨のやどりかな
すると

芭蕉がやってきて
　世にふるもさらに宗祇のやどりかな

あきれるくらい
うまいねえ
そういえば

むかし
江口というところに
西行がやってきて

しぐれに降られ
雨宿りを乞うて
おんなにたしなめられた

それでか　どうなのか
さびしさにたへたる人の又もあれな
庵ならべん冬の山里

西行の和歌における
宗祇の連歌における
雪舟の絵における
利休の茶における
その貫道するものは一なり
風雅のまことを責むるのみ

人生の実情　生活の実態
ほんとうのわたし　なんかじゃなく

芸術の真実だ
一筋に追究する
　行き行きて倒れ伏すとも萩の原
曽良はすごいね

芭蕉の足取りは軽い
　旅人と我名よばれん初しぐれ
　初しぐれ猿も小蓑をほしげなり

さいごに無敵のエースを五枚
さらりと出して駆け去った
旅　病　字余り　夢　枯れ野

饅頭笠に頭陀袋
僧衣姿で杖を突き
山頭火がゆく

草鞋ではなく
地下足袋を履いていた
いまならスニーカーなんか履いて

遠ざかる自分の
自撮り映像をアップした
　うしろ姿のしぐれていくか

山を行き海辺を歩み野を分けて
木陰に宿り

音はしぐれか

春夏秋冬

のむべし

除け者の毛もの物の怪花の闇
病み上がりです木瓜でよろしく
四苦あれど菜種畑に筵敷く
詩句に由なしカエルの嫌味

胸元の薄き香りや夏衣装
少年老いて氷菓したたる

樽酒をぜんぶ燗する柳多留
タルタルソースはだか往生

便利屋の紺の背広や秋の風
稼ぐ案山子に手かせ足かせ
火星人稲を刈りつつ旗を振る

指南の軍師雪雲を見ず
御簾掲げすっと落ちたる鼻の水
三筋の糸に冬の雨降る

かまとと

兜蟲甲を無視れば只の虫
無死満塁の黒きクローバー

驢馬で粋がる揃いのアロハ
老婆と老爺炎天を無視

孫のため成るも成らぬも秋野菜
賽の河原で紅葉をかざし
指図する長脇差が食う目刺し
座敷から見る月の前栽

灯台は波の飛沫も凍るらん
襤褸蓬髪去年の五フラン
蘭方医枯野へ弟子を二人連れ
唐の昔に桃の花咲く
錯乱し結ぶ柳の仲を裂く

柵越えて行く蝶のつれづれ

つきなみ

月高し四辻に犬の字で寝る
練る悪巧み投げる青柿
書き割りの庵にしぐれ破れ垣
家郷は遠く荒馬跳ねる

気もそぞろ色もとりどりスキー場
冗談ですよと蜜柑剥き剥き
むきになるムキムキ俳句無理な無季
無期と決まって厳冬無情

並び立つ新任教師の春支度

沢庵和尚花の贅沢
卓上の四月一日はがしけり

水無月過ぎてならぬ返済
サイカチの花も咲いたヨいらっしゃい
シャイな水着の夏も往にけり

くりごと

クリスマス廃鶏の脚二本食う
空席寒し警備投げやり
やり過ごす勤労感謝の思いやり
槍もツララも色即是空
理性こそわが阿弥陀仏放哉忌

債鬼来たれど藤は輝く
役者やめ花見の端でスルメ焼く
薬局の裏梅の神域

ゴムボート大波逆波太平洋
要人たちも汗の抱擁
羊頭狗肉蜘蛛の濡れ衣

東京へ行くなといわれ天高し
歌詞を忘れて鉦で誤魔化し
菓子とヴィオロン秋の後朝

＊連歌（連句）・ソネット・十四行詩

「連歌」は「和歌（漢詩に対していう）」の一形式で、一人が五七五を詠み、つづけてもう一人が七七を詠む。文献の初出は、「万葉集」巻八の、「佐保川の水塞《せ》き上げて植ゑし田を（尼）／刈る早飯《わさいひ》は独りなるべし（家持）」（佐保川の水をせき止めて植えた田を／その早稲の稲を刈って食べるのはただ一人なのだろう。）尼の問いかけに家持が応えている。このように連歌は一人が発し、一人が応じて、一つの詩的世界を形成する。

鎌倉、室町に入ると、長連歌または鎖連歌（三十六句つづける「歌仙」、五十句の「五十韻」、百句の「百韻」、それを十連ねた「十百韻」など）が行われた。短連歌の第二句は第一句に応じて詠んで完結するが、第三句、第四句と詠み進むには、方策が必要になる。賦物《ふしもの》は、例えば句の頭にいろはを一字ずつ詠みこんでいく、あるいは各句に魚と鳥を交互に詠みこんでゆくなど、後戻りすることなく先へと進む工夫だった。さらに細かい式目（規則）も制定された。

連歌の盛行は、堂上人（貴族層、「新古今和歌集」の歌人たち）のみならず、地下《じげ》（一般人）におよんだ。網野善彦『無縁・公界・楽』によると、この時代は、定住する農耕民、武士のほかに、「海人・山人、あるいは鍛冶・番匠・鋳物師等の各種手工業者、楽人・舞人から獅子舞・猿楽・遊女・白拍子にいたる狭義の芸能民、陰陽師・医師・歌人・能書・

算道などの知識人、武士・随身などの武人、博奕打・囲碁打などの勝負師、巫女・勧進聖・説教師などの宗教人」などが各地を広く往来するようになる。彼らについては、「三昧聖・勧進上人・禅律僧・山伏をはじめ、連歌師・茶人・桂女等々、商工民を含む広義の「芸能民」」という記述もあり、それぞれの専門の知識と技能によって生活していたことがわかる。連歌師は、僧形をして、土地の連歌好きを訪ね、あるいは人々の集まるところで連歌の座を張行した。貴人などもこれに笠で顔を隠しあるいは頬被りして参加した。春、花の時、彼らは洛東の法勝寺、清水の地主権現、洛東の鷲尾、洛北出雲路の毘沙門堂、西山の法輪寺などの花の下《もと》で張行した。花の下連歌と呼ぶいわれだ。善阿、良阿など多くの名手が出た。一四世紀中ごろの準勅撰集「菟玖波集」（二条良基・救済）には、彼らを含めて広い範囲の作者の作品が入っている。百五十年後の「新撰菟玖波集」（飯尾宗祇）のころになると、彼らは姿を消し、連歌の作風は優美なものになった。都の文化が地方へ広まり、武将らに連歌、作庭、茶など都の文化を好む風が起こっていた。宗祇、肖柏、宗長の「水無瀬三吟何人百韻」は、この時代だけでなく連歌を代表する作品だ。山崎宗鑑（「犬筑波集」）、荒木田守武（「守武千句」）の「俳諧の連歌」（俳とは俳言すなわち日常語、諧は諧謔）が現れ、江戸時代、元禄期、都市文化の興隆の中で花開く。上方の談林の井原西鶴は矢数俳諧を盛大に興行し、松尾芭蕉は江戸に下り漢詩文を媒介にして蕉風俳諧を樹立した。江戸中期には連歌の最初の句「発句」を独立して詠むようになった。明治にいたってこれを「俳句」と呼び、新時代のメディアである新聞、雑誌によって知識層に広まった（正岡子規）。個人を発想の根拠におく時代になって、連句はむずかしい文芸になったのだろう。短歌も同じで、歌合せなどありえないし、百首歌などただ今のこの切実な心情表白にとりつかれた人にはつくりものめいていた。なお連句という呼称は、かならずしも新しくはないと言われている。

現在連句はどうなっているか。一九八〇年代末ごろ、著名小説家、詩人が実作を披露して文芸界をにぎわしたが、一時のことだった。わたしが見ることができるものとしては、鈴木漠が中心で刊行されている詩と連句の雑誌「おたくさ」がある。これには「歌仙」の他に、十六句からなる「獅子」、四十四句の「世吉」、そのほか「賜餐」、「糸蜻蛉」、「六条院」「二十韻」「テルツァ・リーマ」などの形式の実作が掲載されている。抱擁韻の「ソネット」、平坦韻の「ソネット」、交差韻の「ソネット」も多く作られている。押韻の問題を積極的に論じたものとしては、鈴木獏の「押韻の木蔭で」（『鈴木漠詩集』思潮社所収）がある。

四行・四行・三行・三行の四連構成の詩を、「脚韻」にも「リズム」にも一行の「長さ」にも何の制約もなく自由に書いて、それを「ソネット」という名称で呼んでいることが多い。七五調か五七調かというくらいで、連の数も連を構成する行数も、その詩だけのものを「文語定型詩」と呼ぶのと同程度のことだろう。日本語という言語の性質に従って、一行の長さ、押韻などを厳密に整備した詩があるなら、たしかに日本語で書くソネット形式の詩だろう。しかしそれはもはやソネットと呼ぶ必要がないかもしれない。わたしは緩やかな決まり、連の数と各連の行数が合致していれば、包括して、十四行詩と呼べばいいと思っている。もちろん連句というジャンルに立っていえば、十四行詩ではなく、ソネット形式の連句だろう。わたしは、俳句と川柳のちがいは、作者が自分を俳人だと自認し、自分は俳句を作ったと判断していれば、それは俳句で、同じく、川柳を作った人が川柳作家だと自分を認め、自分は川柳を作ったと判断していれば、それは川柳だ、と論じたことがある。(『文学史の人々』の内「種田山頭火」)つまり俳句と川柳のちがいは、社会的制度の問題だ。そういう前提に立っていうなら、形式に関する厳密な規則に合致していなくても、自分はソネットを作ったと思っていればそれはそれでいいと思うのだが、詩人が定型詩という詩の形式を志向するなら、形式面でのさらなる整備が求められるだろう。『六十二のソネット』の詩人、谷川俊太郎は、新しい詩集『ベージュ』で「十四行詩」という用語を用いている。一九九〇年代に飯島耕一らによって無自覚な詩人への批判として定型詩の必要性が提起されたが、ここにきて定型詩に関する問題意識に微妙な変化が生じていると思う。

あとがき

夕暮れが部屋に忍び寄るころ、遠い時空から漂うようにやってくる言葉の気配を覚え、あれこれの〈うた〉の輪郭がしだいにはっきり見えてくる。しかしわたしは長くこの世にあって、狐狸の類なら上手に人に化けることができるほどの者だが、それでもわたしの生きてきた時間くらいでは、〈うた〉の永遠の始原にはとうてい届かない。〈うた〉は人の心が言葉の形で外に出たものだ。そのことは千年以上も以前に明言されているが、〈うた〉の様相はそれ以前にも以後にもたえず変転をつづけていて、そしてその変転がどのようなものであったかは、それを感受できるほどの人たちの〈うた〉とそれにかかわるかれらの言説によって明らかにされてきた。いまこの道筋を知ろうとするなら、単純にかれらの残したものをなぞるようなことではとうてい足りないだろう。みずからの言葉をもって参入し、どのような変容が起こるか、何が生起してくるかによってなにほどかのことを知ることができるのではないか。いったい人は言葉の根拠を何に求めるか。自分の心にか。ではその心の根拠は何なのか。この問いはつねに問われてきたのだし、そして応えようとする企ても実行されてきたのだから、新味のあることではない。しかし自らの〈うた〉、すなわち〈詩〉の言葉の根拠、由来を知るためには、問わなければならないし、かつそれは実行されなければならない。先人たちによって達成されたものは膨大であり、しかも多岐にわたっている。参入の制度がほとんど失われている現在、この実行は必ずしも容易ではない。工夫もいるし、無謀というほかないこともしなければならない。もちろん笑止の沙汰に終わることも覚悟しなければならない。

〈うた〉の世界に〈詩〉が入ってきたとき、和歌《やまとうた》と漢詩《からうた》との区別が生じた。和歌の歴史はその自己証明の歴史でもあった。その歴史にあるいはその一端に参入することは何をすることか。それを問わねばならないが、まず順序としてわたしたちが携わっていると自覚している近代以降の〈詩〉について理解しておこう。〈うた〉すなわちジャンルとしての短歌、俳句などおよび漢詩とは区別して、西洋のうたあるいは詩の形式を真似してひとまずなにほどかの形式を整えた作品を創り、新体詩（新しい形式の詩）と称し、これは新時代の〈詩歌〉あるいは〈詩〉として支持を得た。そして明治期末あたりの東京語（口頭語と書写語）の完成とともに、それを中核にする口語による詩が創られ、一般化していき、現在では、他の文学、芸術のジャンルの中で、短歌、俳句などと並べてこの国の〈詩〉あるいは〈詩歌〉のひとつであると理解されている。これは、あらためて言うなら、口語と呼ばれる口頭語、あるいはそれを基底にする口頭語に近い言葉によってつくられ、形式上の制約が一切ない。小説、随筆と同じく散文による作品もあり、はっきり散文詩と称している作品もある。もちろん行わけの作品も多く、行わけは一つの修辞法だから、つまり韻文の条件だから、これを根拠に〈詩〉だと主張することも多い。このことは別段変なことではないが、どこで行を切るかには規則がないから、どんどんのばしていけば、それは散文そのもの、あるいは散文詩になるだろう。そして行の数も、連の数も、それらの構成も、まったく自由だ。だから〈自由詩〉なのだ。短歌、俳句などの〈うた〉

から自由になったのでもなく、存在しない定型詩、あるべき理想形の定型詩から自由になったのでもなく、何をどう書こうと自由だからすなわち自由詩なのだ。もちろんいくらかの形式面での制約のある詩、あるいはそのような類のものも書かれているが、これもまた自由にやったことだから自由詩だということさえできる。一方だれかがこれが定型詩だと主張する形式の詩はもちろんあるが、それも自由だ。けっきょくどう書こうと自由な自由詩なのだ。

いまや詩人は絶対者なのだ。詩の真実を証明するのはその詩自体にある。そしてその詩を作ったのはほかならぬ詩人としてのわれなのだ。こうして詩は宇宙に散乱する星たちのひとつひとつとして輝く、そういう理屈だ。いま詩人がいくらかの反省意識、あえていえば歴史的なそれをもって、自分の詩を超えようとするなら、その方法の一つとして、自分の言葉で詩の歴史に参入してその耐性を試す、とうてい及ばないことであってもいかほどかでも手を伸ばしている仕草を自分以外にも見えるようしてみることがあるだろう。本集の作品がなにほどかでも詩についての理解を広げるのに役立つことを願う。

いわゆる古典といわれる作品を理解するには、先達の教示に依らなければほとんど不可能だ。あらためて多くの方々に深く感謝申し上げる。

引用部分の表記はその時の出典に従うが、その詩にとってどうかという判断によることもある。

二〇二四年一月二日　　　　秋山基夫

秋山基夫（あきやまもとお）

●詩集『旅のオーオー』（思潮社・一九六五年）『カタログ・現物』（かわら版）『窓』（れんが書房新社）『ルーティン』（百水社）『二重予約の旅』（思潮社）『十三人』（思潮社、第一回中四国詩人賞）『家庭生活』（思潮社、第一六回富田砕花賞）『岡山詩集』（和光出版）『二十八星宿』（和光出版）『オカルト』（思潮社）『薔薇』（思潮社）『月光浮遊抄』（思潮社）『シリウス文書』（思潮社）『梟の歌』（七月堂）など二十余冊

●長編詩『夢ふたたび』（手帖舎）『宇津の山辺』（和光出版）『ひな』（ペーパーバック）

●詩選集『キリンの立ち方』（山陽新聞）『秋山基夫詩集』（現代詩文庫・思潮社）『神様と夕焼け』（和光出版）

●評論集『詩行論』（思潮社）『引用詩論』（思潮社）『文学史の人々』（思潮社オンデマンド）『岡山の詩一〇〇年』（共著・和光出版）『オーラル派詩朗読の実行と理論（稿）』（私家版）など

●メディア『秋山基夫詩集』（カセットテープ一九七一年）『ほんやら洞の詩人たち』（URC一九七五年）（復刻版CD avex io 二〇〇三年）『キリンの立ち方』（ビデオ プラネット・ユニオン）「ストロング」（CD大朗読事務局）「国立の秋」（同前）「オカルト」（同前）以上いずれもライブ収録

●加入　日本文芸家協会　日本現代詩人会　中四国詩人会　岡山県詩人協会　現代詩研究会・四土の会　詩誌「どぅるかまら」

詩集 花下一睡《かかいっすい》

著　者　秋山基夫《あきやまもとお》

発行者　後藤聖子

発行所　七月堂
〒一五四－〇〇二一　東京都世田谷区豪徳寺一－二－七
電話　〇三（六八〇四）四七八八
FAX　〇三（六八〇四）四七八七

印　刷　上野印刷株式会社

製　本　株式会社常川製本

発行日　二〇二四年四月一日